Underdanig fantasi

Dominans og erotisk underkastelse

Erika Sanders

Underdanig Fantasi
Erika Sanders
Serie
Dominans og erotisk underkastelse

Synopsis

Jeg tog en dyb indånding og blæste det langsomt ud og slikkede mine tørre læber.

Havde han kun haft kontrol i en time?

Eller i det mindste muligheden for at gå væk?

Jeg hørte ham bevæge sig rundt i lokalet, tv'et tændte igen ... indså, at han ventede på, at jeg skulle blive godt tilpas.

Jeg lukkede mine øjne, ikke at det gjorde noget, da jeg alligevel ikke kunne se gennem bind for øjnene ...

Underdanig fantasi er en historie med stærkt erotisk BDSM-indhold og til gengæld også tilhørende samlingen Erotic Domination, en serie af romaner med højt romantisk og erotisk BDSM-indhold.

(Alle karakterer er 18 år eller ældre)

Bemærkning til forfatter:

Erika Sanders er en internationalt kendt forfatter, oversat til mere end tyve sprog, som underskriver sine mest erotiske skrifter, væk fra sin sædvanlige prosa, med sit pigenavn.

Indeks:

Synopsis
    Bemærkning til forfatter:
    Indeks:
    UNDERDANIG FANTASI ERIKA SANDERS
    KAPITEL I
    KAPITEL II
    KAPITEL III
    KAPITEL IV
    ENDE
    DOMINEREN SUSAN. DET NYE JOB (EROTISK DOMINATION) ERIKA SANDERS
    FORORD
    DET NYE JOB
    DET RIGTIGE BESKÆFTIGELSE
    HISTORIEN FORTSÆTTER I NÆSTE BIND: REGLERNE

UNDERDANIG FANTASI
ERIKA SANDERS

11

KAPITEL I

"Nu er du virkelig kommet i klemme."

Jeg fnyste sagte.

Det var en meget lidenskabelig lyd, men i øjeblikket kunne jeg kun tænke på, hvad der ville ske derefter.

Havde han virkelig læst mellem linjerne i alle vores e-mails?

Fra online chats?

Fra de sene nattelefonopkald?

Måske skulle det have været mere subtilt.

Det er, hvad alle bladene siger, ikke?

Fyre har brug for, at jeg fortæller dem, hvad de skal gøre.

"Slap af, Debbie."

Hvisken mod mit øre fik mig til at hoppe.

"Nemt for dig at sige, Harry."

"Shh. Jeg kommer tilbage."

Jeg tog en dyb indånding og blæste det langsomt ud og slikkede mine tørre læber.

Havde han kun haft kontrol i en time?

Eller i det mindste muligheden for at gå væk?

Jeg hørte ham bevæge sig rundt i lokalet, tv'et tændte igen ... indså, at han ventede på, at jeg skulle blive godt tilpas.

Jeg lukkede mine øjne, ikke fordi det gjorde noget, da jeg alligevel ikke kunne se gennem bind for øjnene, og jeg tænkte på tidligere i aften ...

KAPITEL II

Jeg tog min mobiltelefon og pustede ud.

Min finger svævede over SEND-knappen, mine øjne klistrede til de to ord på skærmen: Jeg er HER.

Jeg tog en dyb indånding og beseglede min skæbne og bad om, at mine nerver ville falde til ro, at jeg ikke længere følte mig kvalme.

Der var ingen vej tilbage nu.

Lyden af et toiletskyl overdøvede lyden af en nærliggende telefon.

Et øjeblik senere åbnede døren foran mig, og mine nerver blev forstørret.

"Skal du stå der hele natten?" Han sagde stille.

Den dybe stemme kom fra den oplyste dør.

Harry

Jeg behøvede ikke længere at lukke øjnene for at forestille mig det.

Hans brede skuldre stak en fod op over mig, svøbt i en button-down skjorte med ærmerne rullet op til albuerne.

Hans obsidian-øjne stirrede ind i mine med et strålende blik.

Hans store hænder greb om karmen og døren, mens han lænede sig ned ad gangen mod mig.

Vores sidste og første møde havde været til en gangster- og kabaret-dans en uge tidligere.

Mit eget terræn, mine egne venner, min egen komfortzone.

Det havde været nemt at blive forelsket i hendes charme, den måde hun krammede mig, når vi dansede langsomt.

Den måde, han væltede min filthat ind på parkeringspladsen, før han kyssede mig blidt, og hans fingre rørte knap nok min kind.

Den måde, han havde hvisket i mit øre, at min beslutning om at klæde gangster på havde tændt ham.

Mine knæ bøjede sig, da han pressede mod min hofte, og viste hans ophidselse.

Det tog al min styrke, at jeg kan komme ud af mig selv de næste syv dage, især på arbejdet.

Vores chats om aftenen i telefonen og på internettet hjalp ikke.

Så hvorfor var hun så bange?

Jeg hengav mig til det øjeblik, jeg havde fantaseret hele tiden ...

"Debbie?" Hun åbnede døren og trådte helt ud i gangen nu med mundvigene nede. "Er du okay?"

Jeg bakkede ind mod væggen og knugede min aftentaske over skulderen.

Det er en fejl.

Jeg skulle ikke være kommet.

Hvad tænkte jeg på?

Vent, jeg tænkte ikke.

mig...

Hans fingre børstede min kind, mens han løftede min hage.

"Okay. Vær ikke bange."

"Hvem mig?" Min stemme lød rystende og slet ikke selvsikker, selvom jeg smilede.

Hans panderynke blev dybere.

Bekymring og skuffelse viste sig i hans mørke øjne.

"Vil du ikke gøre det her?"

"Ja. Jeg skal nok klare mig."

Jeg bakkede væk fra muren og marcherede mod løvens hule.

Døren smækkede bag mig og fik mig til at hoppe, mens jeg indtog omgivelserne.

Det var et standardhotelværelse med jacuzzi til venstre, bøjlen i en alkove til højre og en suite med åben front med to lamper og et digitalt ur på små borde, der flankerer enkeltsengen.

En sofa, et bord, to stole og en lav kommode med et fjernsyn skruet ovenpå afsluttede møblerne.

Uafkølet.

Men så var det ikke en særlig lejlighed.

Nå, ikke en, som du ville leje et luksushotelværelse for, som til en bryllupsrejse.

En blød fnys undslap min sidste tanke.

Nej, sådan noget vigtigt.

Der blev et ryk i min arm, og jeg blinkede.

Mine øjne løftede sig for at møde hans, og hans bløde smil lettede lidt på spændingen.

"Lad mig tage din taske."

Jeg slap mit greb om stroppen og så ham placere tasken på kommoden under den tændte, men lydløse tv-skærm.

Han trykkede på en knap på fjernbetjeningen, og skærmen blev sort.

Nu var det egentlig bare os to.

De små lyde virkede nu forstærkede.

Klimaanlæggets bløde sus.

Brummen af lys over vores hoveder.

Larmen af is i maskinen lige udenfor lokalet.

Klukken af vand i hjørne-jacuzzien ved siden af sengen.

Nå, måske er dette alligevel ikke sådan et standard hotelværelse.

Mit hjerte bankede i mine ører.

Jeg forsøgte at holde vejret jævnt, forsøgte at fokusere på hele situationen.

I det han lavede.

Hvorfor han gjorde det.

Et blødt støn undslap mig, da jeg tænkte på det mulige slutresultat, og noget knugede sig i maven.

"Debbie? Sæt dig ned."

Han tog min hånd og førte mig hen til sengen.

Min hud prikkede af kontakten.

Mine knæ bøjede sig automatisk, og så hvilede jeg på kanten.

Min korte statur gjorde det svært for mig at sidde op og stadig være i stand til at røre ved tæppet.

"Du ser smuk ud i aften."

Jeg blinkede igen og vippede hovedet mod ham.

Ingen havde nogensinde kaldt mig smuk undtagen mine forældre.

Hendes øjne fokuserede på den kjole, hun havde valgt til dansen i aften, en rød silke nederdel med et roseprint og en sort ærmeløs overdel, der gav en bred halsudskæring.

Det var en af mine favoritter, primært fordi jeg følte mig smuk på trods af min lille krop.

Et smil trak mine læber, glad for at han også ville have kunnet lide det.

"Jeg-undskyld. Jeg er bare en lille..."

"Det er fint, jeg forstår det". Han sad ved siden af mig og holdt stadig min hånd.

I flere minutter var den eneste støj, vi lavede, vores vejrtrækning, hans normale, min vaklede.

Hvordan kan du være så rolig?

Jeg holdt mit blik på skødet og slugte tungt, som da jeg vandrede ind på hans skød ... jeg så den lille bule der.

Han ville klemme min hånd fra tid til anden.

Til sidst, da jeg følte mig rolig, løftede jeg mine øjne op til hans ansigt.

Han kiggede på mig.

Hans mundvige var nu skruet op.

"Jeg vil kysse dig, okay?"

Jeg bøjede min hage som svar, og så lagde hans hånd sig om min kæbe og trak mig tættere på.

Mine øjne lukkede sig, da hans varme læber rørte ved mine.

Først rørte de let, og så pressede de mig hårdere.

Jeg klemte hans hånd, sugede luft ind, små skrig af overraskelse nåede mine ører.

Hans hånd gled til bagsiden af mit hoved, hans fingre begravet i mit hårstrå.

Da hans tunge trak min mund, rystede jeg.

Da han bed mig i underlæben, gispede jeg.

Og da hans tunge gled ind og rystede min tunge, stønnede jeg.

Harry fortsatte med at holde min mund med sin, indtil vores tunger dansede og nød hinanden, og mine støn blev hyppigere.

Han trak sin hånd ud af min og slap clipsen, der holdt mine kastanjekrusninger.

De blide bølger væltede over mine skuldre og hviskede mod mine ører og kinder, før jeg skubbede dem væk, så jeg kunne holde mit hoved mere fast.

Min hånd fandt hans lår og klemte det, hvilket fremkaldte et støn fra ham.

Vores kroppe vendte sig mod hinanden, nerverne blev blødere, da han hjalp mig med at glide ned på dynen.

Da jeg lænede mig tilbage mod puderne, sukkede jeg og forventning afløste angsten i mine spændte muskler.

Hans fingre kærtegnede mine kinder og min pande og nakke og snoede sig gennem mine fletninger, mens han bevægede sin mund mod min.

Han var blid, men fast.

I kontrol, men heller ikke travlt.

Mine fingre løftede sig for at spore konturerne af hendes hals, gennem de lyse skægstubbe på hendes kæbe, til hendes bølgede hår, der støttede hendes hoved.

Da hans fingre gled til min skulder, over den brede rem på min kjole og børstede min bare arm, holdt jeg vejret i munden.

Selv gennem sin kjole og bh kunne hun mærke varmen fra hendes berøring.

Jeg længtes efter, at han skulle tage mit bryst, for at lette lidt på det pres, jeg havde følt, siden vi mødtes.

Det var så tæt på, men det så ud til at undgå det område med vilje.

"Du smager så godt." Hans mund dækkede min endnu en gang, før han bevægede sig til min hage, kæbe og bag mit øre, før han satte sig ind i min nakke.

Hans næse kærtegnede mig, hans tunge slikkede mit kød.

Jeg tog en dyb indånding og slap den langsomt ud med et støn.

"Du lugter fantastisk."

Jeg klynkede, min hud prikkede, da han hærgede hende.

"Vær venlig ikke at stoppe. Mmm."

"Jeg har ingen intentioner om at gøre det." Hans stemme var dæmpet, mens han suttede blidt, nappede og derefter slikkede med de deraf følgende skarpe smerter.

Jeg tog fat i hans arme og forankrede mig til ham.

Hans varme krop pressede sig mod min side og antændte gnister under min hud.

Jeg ville gerne lægge den oven på mig, men jeg havde bare ikke energien.

Eller modet til at tage initiativ.

Hans mund landede sommerfuglekys på min skulder og ned i min hals.

Da han gik, åbnede jeg mine øjne.

Hans øjne var fikseret, men ikke på mit ansigt.

Jeg fortsatte hendes vej og gispede, da jeg så genstanden for hendes koncentration: mine brysters hurtige stigning og fald, der skubbede mod grænserne af kjolens halsudskæring.

Mit blik vendte tilbage til hans ansigt lige i tide til at se ham slikke sig om læberne.

"Hvis du vil have, at jeg stopper, så er det nu..."

"Nej Nej Nej". Jeg lukkede øjnene, og en kuldegysning løb gennem mig ved tanken om, at det hele kunne ende så hurtigt.

Et sagte grin var hans eneste svar, og så børstede hans læber min hals igen.

Langsomt og metodisk dækkede de hver tomme af huden.

Nogle gange skød hans tunge ud og fik mig til at ryste.

Jeg trak vejret flere gange, mens den bevægede sig lavere.

Da hans læber kærtegnede mit brysts hævelse, tog jeg fat i min nederdel, min krop buede mod ham af sig selv.

Det flade af hans tunge kærtegnede stigningen over kanten af min sorte satin-bh, og følelsen af fugtig varme brændte mig.

Han bevægede sig, lagde en arm på mit underliv og drejede hovedet.

Min næse begravet i hendes hår.

Det lugtede lidt af frisk lotion fra efter vask, og jeg pustede ud med et suk.

Min koncentration ændrede sig, da jeg mærkede hans finger krybe op ad kurven af min spaltning og kastede sig ind i mellemrummet mellem mine bryster, før han gled ind under kanten af bh'en.

Hans tunge fulgte den, og et støn steg op fra min hals.

Mine brystvorter var så hårde, at de gjorde ondt.

Hvis han bare...

Min krop vred sig og opfordrede ham til at gå lidt lavere, hvor jeg ville have ham.

Hvor jeg havde brug for det.

Da jeg bevægede min hånd, bogstaveligt talt forsøgte at tage sagen i egen hånd for at lindre smerten, bevægede han sig igen og tog fat i min arm og løftede den over mit hoved.

Han rejste sig højt nok til at frigøre min venstre arm fra under ham og koblede den sammen med min højre arm.

Han holdt begge håndled med sin højre hånd, sænkede sin mund til mit bryst igen og fortsatte med at tilbede min nu brændende hud.

"Venligst ... åh tak Harry ..." mumlede jeg forbi de støn, han trak fra mig.

"Hvad vil du have Deb?" Hans ånde gik gennem bh-barrieren og fik mig til at såre endnu mere. "Fortæl mig hvad du vil."

"Åh ..." Mit sind var sløret, og jeg følte mig pludselig flov igen.

Hvorfor kan du ikke bare forstå, hvad jeg beder dig om?

"Kan det være?" Hans fingre strøg den nederste del af mit bryst gennem kjolen, og jeg stønnede. "Ja, jeg tror, det er det, du vil."

Han drillede igen, og til sidst holdt hans hånd sig om mit bryst, mens han forsigtigt klemte.

Hans tommelfinger børstede brystvorten.

Selv gennem bh'ens materiale sendte den chokbølger gennem hele min krop.

"Åh gud!"

Mine øjne åbnede sig, og jeg holdt vejret, stirrede op i loftet, men så intet, og glædede mig over, at han endelig havde rørt mig, hvor jeg havde brug for ham.

Jeg gispede, da han flyttede sin hånd op og gled en finger ind under kanten af min bh og fejede den igen og igen direkte over min brystvorte.

Varmen skyndte sig og samlede sig mellem mine ben.

Verden faldt til ro.

Hans læber børstede mit øre, hans ånde brændte og fik mig stadig til at ryste.

Min ånde stoppede, da hans hånd gled dybere ind i min bh for at kuppe mig helt.

Jeg mærkede hans hud lidt ru, da han æltede mit bryst og rullede min brystvorte mellem hans tommelfinger og hans andre fingre.

Jeg vendte mig mod ham, min mund søgte hans.

Han stønnede, pressede sine læber mod mine og skubbede mig på ryggen igen.

Jeg bevægede mig under ham og gentog hans støn, mens hans tunge fejede min mund og legede med min tunge.

Han klemte mit bryst endnu en gang og trak derefter sin hånd tilbage.

Han slap mit venstre håndled, lod sin hånd glide over min skulder og trak både remmen på min kjole og min bh ned af min arm.

Kold luft børstede mit nu bare bryst.

Min brystvorte strammede smertefuldt.

Jeg var forpustet, rystede, da hans fingre gled ned ad min arm og langsomt løftede den tilbage over mit hoved.

Da jeg mærkede ham binde noget om mit håndled, rystede jeg automatisk i mig selv.

"Harry?"

"Ja, Debbie?" Han kom ned og kyssede min arm og på mit bryst og sugede min brystvorte ind i hans mund.

"Åh!" Jeg glemte, hvad jeg ville spørge ham om, mine nerver blev klaret med den simple handling, og jeg buede mig mod ham.

Han klukkede og drillede min brystvorte med tungen, mens han klatrede oven på mig og slap mit andet håndled.

Da han opdagede mit højre bryst, flyttede han sin mund til den side, da han lagde hånden tilbage på mit hoved.

Jeg kæmpede for at sluge og så ham binde mit højre håndled.

"Du er så sexet". Hendes øjne funklede, da hun sad ved siden af mig og stirrede på mit bare bryst, min kjole og bh lige under min barm.

Jeg trak forsigtigt i mine håndled og slugte spændingen.

Der var slap nok til, at mine arme kunne slappe af mod puderne, men ikke nok til at kunne løsne mig, hvis jeg ville.

"Jeg troede ikke, du ville huske det."

Hvad var der sket med min stemme?

Det lød meget hæst.

"Åh, jeg kan huske. Jeg husker alt."

Det dovne smil, den dybe tone, det pludselige mørke blik i hans øjne fik mit hjerte til at springe et slag.

Mit sind skyndte sig at huske alt, hvad vi havde talt om ... og jeg spekulerede på, om jeg havde glemt at nævne noget.

Men jeg mistede koncentrationen, da han nåede ned under min ryg, hægtede spænderne af min bh af og lynede min kjole op.

Jeg holdt mine øjne på ham og så tilsyneladende fascination i hans øjne, da han rystede min kjole og afslørede mere og mere af min nøgne krop.

Han holdt vejret, da han afslørede mine sorte satin trusser.

Jeg gik hen til ham, og han stoppede, tog fat i mine hofter og kørte tommelfingrene frem og tilbage over min tildækkede hud.

Da jeg genoptog min nøgenhed, børstede satinet i min nederdel mine bare ben og smed derefter kjolen til side.

Hans fingre gled op ad mine lægge, op til mine knæ og så ned igen for at knappe op og fjerne mine hæle.

Jeg fik en pludselig bølge af vrede.

Jeg kørte langsomt spidsen af min tunge langs min overlæbe og bevægede mine hofter.

"Så du kan lide, hvad du ser?"

Hans øjne skød op mod mine, og jeg sværger, jeg så et glimt af ild i dem.

Han talte ikke, men han gled fingrene ind under kanten af mine trusser og trak dem langsomt ned.

Jeg slugte, klar over, at jeg var virkelig bekymret for, at han kunne lide det, han så.

Kold luft strøg ind mod mig, og jeg kunne ikke lade være med at presse mine lår sammen, stønnede og snurrede, mens han bare stirrede på mig.

Et par gange løftede han sin hånd, som om han ville røre ved mig der, men hans hånd vendte tilbage til hans skød.

Jeg ville ønske, jeg kunne læse dine tanker.

Han rakte ind i sin baglomme og lænede sig så mod mig, og børstede sine læber mod mine.

"Er du okay?"

Jeg tog et par dybe indåndinger og smilede så.

"Ja jeg er ok."

Hans øjne mødte mine, og han smilede tilbage.

"Løgner."

Hans hænder bevægede sig over mit ansigt.

En blød klud dækkede mine øjne, blokerede for lyset og fastgjorde elastikken over mit hoved.

Min ånde trak sig.

Jeg kunne ikke undgå det.

Han havde ret.

En del af mig var bekymret for, at jeg var gået for dybt.

Jeg havde ønsket dette.

Men da min kontrol var væk, vendte mine nerver tilbage, og jeg var bange.

Ikke nødvendigvis Harry, men hvad han ville gøre ... eller ikke gøre.

Det så ud til at have gjort dette før.

Hvad hvis jeg ikke lever op til dine forventninger?

KAPITEL III

Hvilket bragte os tilbage til mig liggende på sengen, helt nøgen, bind for øjnene og hænder bundet til sengegavlen.

Harry sad eller stod i en anden del af lokalet og lyttede til gentagelser af lov og orden.

Jeg tvivlede meget på, at han så fjernsyn.

Jeg kunne virkelig mærke hans øjne på mig.

Og det var ikke den ubehagelige følelse, når du ved, at nogen kigger på dig og undrer dig over hvorfor, og så nervøst kigger dig omkring og prøver at finde den skyldige.

I stedet mærkede jeg varmen brede sig gennem mig, glad for at den fandt mig værd at se på.

Der gik flere minutter, serien gik til en reklamefilm, og i baggrunden hørte jeg det tydelige klik fra hotelværelsesdøren, der åbnede og lukkede.

"Harry?"

Der var intet svar.

Jeg prøvede ikke at gå i panik, men kunne ikke lade være med at trække i mine tøjler.

Jeg hørte ikke nogen andre i rummet, hvilket var en god ting.

Men stadig...

Mine tanker kom over mig, da jeg hørte døren åbnes igen.

Jeg holdt vejret, hørte klirren af is i et glas og hvislen fra en sodavandsdåse, der åbnede sig.

Varmen fra en anden krop børstede min højre side, og sengen sank under vægten af en siddende.

Jeg gispede, da en kold håndflade børstede min højre brystvorte.

"Har du savnet mig?"

Jeg udstødte et pjaltet suk, lettet over at høre Harrys stemme.

"Fortæl mig noget næste gang du går!"

"Undskyld. Det var ikke meningen at skræmme dig."

Hans læber børstede mine.

Jeg lugtede halen på hans ånde.

Vores tunger flirtede et øjeblik, og så lænede han sig tilbage.

"Skal vi begynde?"

Jeg smilede og slappede af mod puderne.

Jeg hørte ham sætte sit glas fra sig, og så begyndte han at rode under mit hoved og sænke dyne og tæpper.

Min hud prikkede og fik gåsehud, da hans hænder strøg mod min krop.

Jeg hjalp så meget jeg kunne i min stilling ved at løfte min krop.

Da hun allerede lå alene på de kolde lagner, skiftede sengens vægt igen, og fjernsynet blev stille.

"Du kan ikke se noget, vel?"

Jeg lænede mit hoved fremad, til begge sider, og slappede så af igen.

"Nej ingenting."

"Så nyd det. Og ikke et ord."

Jeg nikkede og bøjede mine håndled og fingre.

Jeg vidste, at han kiggede på mig igen, og der opstod varme mellem mine ben.

Jeg bevægede mine hofter, vrikkede med tæerne og drejede så mine ankler.

Alt for at holde mig distraheret.

Mine læber var pludselig tørre, og jeg slikkede dem, synkede og syntes også, at min mund var tør.

Jeg tvang mig selv til at trække vejret normalt og lyttede efter enhver antydning af, hvad hun kunne gøre.

Airconditionen slukkede, og så hørte jeg kun, at hun trak vejret.

Men alligevel rørte det mig ikke.

Efter flere minutter slappede mine muskler af, og mine ben åbnede sig lidt.

Han fik vejret, og jeg smilede.

Jeg tænkte på, om han onanerede, men han ville sikkert have hørt en indikation på det.

Jeg ville spørge ham, om alt var okay, da jeg mærkede det.

Det var en meget let berøring, direkte på begge mine brystvorter.

Jeg stønnede, da de stivnede.

Fornemmelsen bevægede sig nedad og fulgte kurven under mine bryster og til siderne.

Det var bestemt en fjer, fylden børstede min hud som de blødeste fingerspidser.

Den bevægede sig hen over mit underliv, omridsede mine ribben og kredsede om min navle.

Mine hofter rykkede, da spidsen strøg mod mit lyskeområde, hvor mit ben sluttede sig til min krop.

Jeg rystede og kurrede.

Han gentog bevægelsen, bevægede sig over min hofte og langsomt tilbage igen og fulgte linjen i mit bækken.

Jeg snurrede, da han kørte den flade del af fjeren hen over toppen af mit venstre lår.

Gåsehuden steg igen, og jeg spredte mine ben bredere og brugte mine fødder til at få styrke mod sengen for at skubbe op.

Harry grinede.

"Tålmodighed, Deb."

Men han gled fjeren langs indersiden af mit lår, ned under mit knæ og læg.

Jeg grinede, da han kildede i bunden af min fod.

Det blev ændret til at virke på min højre side.

Jeg kunne mærke varmen fra hans krop læne sig over mine ben.

Fjeren sporede det samme mønster på det andet ben, men tilbage.

Fra min fod til min læg, under mit knæ og over mit lår, gennem mit bækken og mine ribben.

Jeg krummede ryggen og stønnede sagte, mens mine brystvorter børstede mod det oprullede ærme på hans skjorte.

"Hej, snyd ikke!"

Jeg smilede og slikkede mine læber, men jeg opførte mig og lænede mig tilbage.

Han trak sig væk, og jeg mærkede ham bevæge sig hen over mit hoved.

Fjeren sporede bunden af min højre arm til mit håndled og børstede mine fingre.

Han tegnede cirkler på min åbne håndflade, før han arbejdede sig ned ad min arm igen.

Spidsen fejede hen over min skulder, ned ad mit kraveben og hen over min hals.

Jeg lænede mit hoved til venstre mod puden og sukkede, mens han sporede mønstre på min hals og drillede mit øre.

Da han gled pennen under min hage, vippede jeg hovedet til den anden side og sukkede igen, mens jeg gentog de samme bevægelser over hele min hals, over min skulder og ind i min venstre arm og hånd.

Jeg bevægede mine fingre, pennen gled mellem dem.

Han rejste sig og lod min krop tigge.

Mine fingre knugede sig, ekko forsnævringer, dybt i mig.

Jeg slikkede mig om læberne igen og mærkede mit hjerte banke.

Heldigvis var det ikke længe væk.

En ny fornemmelse, jeg gætter på et silketørklæde, børstede mine fingerspidser og ned ad begge arme på samme tid.

Den dækkede mit ansigt og gled langsomt ned af min næse og mund for at dække min hals.

Da han nåede mine bryster, buede jeg mig op og stønnede.

Han gned det frem og tilbage over mine ømme brystvorter.

Så kærtegnede lommetørklædet mit underliv og hofter, mens jeg kort børstede mit bækken på vej til mine lår og fødder.

Han gentog processen omvendt, omhyggelig med at stoppe ved de områder, hvor han stønnede af nydelse.

Og så var lommetørklædet væk lige så hurtigt, som det så ud.

Jeg hørte Harry rode i en plasticpose, og så lå han igen på sengen ved siden af mig.

Der var et klik, der lød som en plastikhætte.

Jeg gispede, da noget koldt dækkede mit venstre bryst.

Hans tunge slikkede min brystvorte, før han sugede den ind i hans mund.

"Åhh!" Jeg buede ind i ham, og han adlød ved at trække sin tunge hen over mit bryst med hånden kuperet og klemt.

Da han tilsyneladende slikkede mit venstre bryst, flyttede han sig til at ligge på min højre side og gentage processen.

Jeg kunne mærke varmen dunke inde i mig og tigge om at blive rørt, og jeg klynkede.

"Jeg ved det, Deb. Jeg ved det." Han klemte mit højre bryst og rakte ud for at kysse mig og dyppede sin tunge ind i min mund. "Mmm."

Jeg smagte chokolade og stønnede med.

Han kyssede min hage og nakke og strøg min skulder.

En kold strøm af chokolade faldt på mine læber, og jeg slikkede sultent.

Hans finger pressede sig mellem mine læber, og jeg sugede den dybt ind i min mund og tørrede den for chokolade.

Så sneg kulden sig op i min hage og hals.

Det fortsatte gennem spaltningen mellem mine bryster og kredsede om min navle.

Hans tunge og læber fulgte langsomt efter, hvilket fik mig til at ryste af begejstring.

Madrasserne knirkede, da han gik væk, og så hørte jeg rindende vand på badeværelset.

Han kom tilbage et minut senere og kørte langsomt en varm vaskeklud over min hals, mine bryster og min mave.

Ændringen i temperatur fik mig til at gispe og min krop bølgede.

Han lagde sig på min venstre side igen, hans hånd strakt ud over mit underliv.

Han masserede mig et øjeblik, hans mund dækkede min venstre brystvorte, nappede og suttede blidt.

Jeg prøvede at række ned for at køre mine fingre gennem hans hår, men mine hænder kunne ikke nå ham, hvilket mindede mig om, at jeg var indesluttet.

Jeg klamrede mig i stedet til luften og prøvede at presse min side mod ham.

Hans hånd gled op og omsluttede mit bryst.

Jeg græd af det pludselige bid af en isterning, der gned mod min brystvorte.

Jeg trak mig væk, men der var ingen steder at tage hen.

Koldt vand dryppede ned over mit bryst, og isen kredsede langsomt om min brystvorte.

Det gjorde ondt, men den pludselige smerte blev bedøvende behagelig, og jeg mærkede varmen stige igen mellem mine ben.

Jeg klynkede og prøvede at trække mig væk nu og knyttede næverne. "Shh. Shh."

Hans frie hånd pressede igen mod min mave og holdt mig mod sengen, mens han suttede på min følelsesløse brystvorte og slikkede vandet op.

Han trak sig væk, og et varmt håndklæde dækkede mit rystende bryst.

Jeg skulle have været klar til, at han flyttede ind på mit højre bryst, men den iskolde isterning i ham forbløffede mig stadig.

Jeg skreg, og endnu en gang stønnede jeg og trak mig væk, uanset hans forsøg på at berolige mig.

Den skarpe smerte vendte tilbage, klemte min brystvorte og bedøvede huden omkring den.

Da isen smeltede, slikkede hans mund og sugede vandet op, og så varmede håndklædet mit bryst.

Mit hoved var sløret nu.

Jeg kunne ikke tro, hvor begejstret hun var, endnu mere siden isbehandlingen.

Jeg følte mig lidt skyldig over, at jeg nød den korte smerte.

Den resulterende fornøjelse var fantastisk.

Jeg var glad for, at Harry havde bundet mine håndled.

Hun var sikker på, at hun ville have forsøgt at stoppe ham, hvis hun havde muligheden.

Hvor længe har vi været i det her?

Mine tanker vendte tilbage til nutiden, da isen gled mellem mine bryster.

Jeg skreg og buede mig.

Harry fangede mine sider i sine hænder og holdt mig mod sig, mens han trak isen op og ned i midten af min krop med sin mund, mine bryster børstede hans kinder.

Jeg mærkede vandet pool i min navle, vælte ud over mine hofter.

Jeg troede ikke, at min krop kunne holde op med at ryste.

Da isen forsvandt, erstattede hans tunge den og slikkede min hud, der nu sydede under det kolde lag af is og vand.

Hans hænder bevægede sig for at omslutte mine bryster og klemte dem, mens han strøg halsudskæringen i midten.

Det tog mig et øjeblik at indse, at han lå mellem mine ben.

Med det samme løftede jeg mine knæ til hans hofter.

Han følte sig så godt indlejret mod mig, hvor han havde mest brug for at blive rørt.

Jeg sukkede, ved varmen fra hans hårde bule tydeligt gennem hans bukser.

Hans dybe grin vibrerede gennem mit bryst.

"Okay. Jeg forstår ideen."

Han slap mig og kravlede væk fra mine ben.

Jeg klagede over det pludselige fravær, men hans hånd på min hofte beroligede min snoede krop.

Hans fingre arbejdede sig vej mellem mine krøller og min varme hud.

Jeg sukkede.

Mine ben spredte sig igen.

En af hans fingre pressede mod min glatte slids og rørte kort ved min klit.

Jeg kurrede og spredte mine ben bredere.

Han strøg langsomt sin håndflade over mine ydre læber.

Nu og da vædede han sin finger, trak den fra den ene ende til den anden, hvilket fik mig til at gispe.

Hans hånd standsede, sænkede min høj, og to fingre pressede og spredte hævede læber.

Jeg holdt vejret, da hans tommelfinger kredsede om min klit.

Og så gled en finger lavere.

Han legede med det og sporede kanten af mit ivrige hul, før han bevægede sig for at børste væggene på mine indre læber.

Mine hofter rykkede og prøvede allerede at tvinge ham ned i mig.

Hans frie hånd pressede mine hofter ind på sengen, og så strøg han fuldstændig min fisse.

Hælen på hans hånd hvilede mod min bækkenknogle, da hans første tre fingre gled ned, ned i dalen, og puttede sig for at børste min klit.

Og igen.

Det var en udsøgt følelse, endelig at få ham til at røre ved mig, hvilket lettede det pres, jeg følte en smule.

Mine hænder knugede sig, min krop buede, kæmper for at frigøre sig.

Jeg stønnede og kastede mit hoved tilbage på puden, mens han skubbede to tykke fingre ind i mig og sugede min brystvorte mellem mine tænder.

Hans hånd satte fart og trykkede hårdt og dybt.

Spændingen i min mave tog til, og jeg strammede mine lår om hans hånd og skreg.

Hans hånd stoppede, men hans fingre blev ved med at bevæge sig, stadig begravet mellem mine ben.

Han suttede på mit bryst, da jeg red mod mit første klimaks.

Da jeg fangede vejret efter spidskommen, trak han sig væk.

Jeg hørte ham række ind i posen igen, og så lå han mellem mine ben og spredte mine lår.

Min vejrtrækning slog igen, da jeg mærkede noget cremet og koldt spredt sig over min fisse.

Jeg krummede mig og suttede på min underlæbe, ude af stand til at forhindre mine hofter i at bue ind i ham.

Hans fingre børstede indersiden af mine lår, og så trykkede han på den ene finger og lod den glide op og ned af min fisse.

Jeg slugte og tog en dyb indånding kun for at han kunne lade sin finger glide ind i min mund.

Mine læber lukkede sig om hans finger.

Jeg stønnede over smagen af flødeskum med et strejf af mine egne seksuelle safter.

Mens han suttede på hendes finger, strøg han den ind og ud og efterlignede, hvad han allerede havde gjort nedenunder før.

Det var ikke svært at tænke på, at han gjorde det med mere end bare fingrene.

Bare det at tænke på, at han havde dækket min fisse i flødeskum, og højst sandsynligt gættede på hvorfor, baseret på nylige erfaringer med chokolade, fik mig til at gispe.

Han havde allerede spillet med mig flere gange, end jeg kunne tælle.

Og selvom jeg allerede havde haft mange nye oplevelser i aften, havde jeg aldrig forestillet mig, at en dreng slikkede mig dernede.

Jeg mærkede ham sidde på sengen uden at røre mig.

Han knurrede, langt og lavt.

Det var den mest sexede lyd, jeg nogensinde havde hørt, og jeg kunne ikke lade være med at gentage den.

Det nederste lag af flødeskummet var begyndt at smelte og dryppede rundt om min klit.

Jeg skiftede og stønnede sagte, da han pressede mere flødeskum mellem mine læber.

Jeg havde lagt barbercreme der før, da jeg prøvede at barbere min fisse, og følelsen var lige så erotisk nu, at den klemte og kærtegnede min følsomme hud.

"Vi bliver lidt fighter, ikke?"

Jeg lavede en uforståelig lyd af utålmodighed, og han lo.

Jeg elskede hans grin lige så meget som hans sexede knurren.

Jeg kæmpede for at sluge og elskede det, han gjorde ved mig mentalt og fysisk, på trods af min periodiske frustration.

Harry førte sine fingre hen over mit venstre bryst, langs den tunge kurve nedenunder, over den blide brænding på toppen, og skitserede areola.

Han gav en skål og masserede mit bryst.

Hans tommel- og pegefinger klemte min brystvorte.

Jeg bed mig i læben for at undgå at skrige.

Han gned forsigtigt den hårde klump fra side til side, og pressede derefter håndfladen mod den, og lindrede den skarpe smerte.

Hans hånd gled ned langs halsudskæringen i midten og børstede mit højre bryst.

Hans fingre rørte mig igen, elektrificerede min hud og sendte ny ild mellem mine ben.

Da han knibede mig i brystvorten, væltede jeg hen til ham og bad ham om at sætte min mund på den igen.

"Meget fornuftigt."

Hans ånde strejfede min kind, hans tunge fejede min kæbe, og så var han ved at opfylde mit ønske.

Hans læber lukkede sig over min brystvorte og sugede blidt ind i den skarpe smerte, jeg havde skabt.

Jeg vuggede fra side til side og stønnede.

Jeg mærkede flødeskummet klæbe til mine lår nu, og jeg spekulerede på, om jeg havde glemt det.

Jeg ville ikke have, at han holdt op med at slikke mig om brystet, men pludselig ville jeg have ham ned.

Jeg ville gerne vide, hvordan det føltes at have hans tunge, der drillede mig der, ligesom han drillede min brystvorte.

Hvordan det ville være at have spidsen af hans tunge presset ind i mig, hans tænder bider min glatte hud.

Han førte den flade del af sin tunge hen over min brystvorte igen og gled så ned ad min krop, kyssede og nappede og slikkede hver en centimeter af min hud undervejs.

Inden længe lå han mellem mine ben.

Han kyssede mine hofter og trak derefter sin tunge hen over krydset mellem mine ben og mit bækken.

Han tilføjede et nyt lag flødeskum, og så viklede hans arme sig ind under mine lår og skiltes.

Jeg stønnede, min krop krampede lidt.

Jeg mærkede hans varme ånde mod mine bløde krøller.

Jeg græd, da hans tunge kom ud og rørte ved min klit.

Jeg spredte mine ben bredere, og han løftede min nøgne fisse tættere på munden.

Hans tunge slikkede på mig igen, og jeg stønnede lettet.

Hans fingre masserede mine lår, mens han slikkede dybere langs min fisse.

Jeg hørte den bløde lyd af hans tunge, der slikkede blandingen af min fugt og den spredte cremebelægning.

Hans tunge var overalt og manglede ingen sprækker.

Det var en langsom og indviklet proces, og jeg bad til, at det ikke ville stoppe snart.

Jeg gav slip, mine hofter rykkede under hans mund.

Da han suttede på min klit, skreg jeg igen.

Da han pressede tungespidsen mod mig, stønnede jeg.

Jeg kunne ikke få nok af ham.

Og jeg ville røre ham mere end nogensinde.

Jeg forbandede mine begrænsninger ... og de hævede stadig ophidselsesniveauet på samme tid.

Jeg har aldrig haft så mange forskellige følelser kørende igennem mig på én gang.

Jeg kom for anden gang, da hans finger gled ind i mig igen.

Han strøg mig gennem min orgasme, hans mund klamrede sig stadig til min klit, hans varme ånde blandede sig med min egen varme og væde.

Jeg var på vej ned fra mit klimaks, da jeg mærkede isterningen og skreg.

Jeg havde skubbet ham ind i mig, og koldt vand løb mellem mine balder.

Hans fingre pressede, holdt isen på plads og lod min varme smelte den.

Jeg mærkede mine muskler stramme om hans fingre, og han strøg dem langsomt ind og ud samtidig med mine skrig.

Endnu en isterning kom til scenen, denne gang mod min klit.

Jeg faldt i endnu en orgasme, mit hoved rullede frem og tilbage mellem mine løftede arme og mærkede isen og hans fingre kærtegne mig.

Hans mund slikkede min fisse igen, mens jeg vred mig ind under ham.

På en eller anden måde formåede mine fingre at gribe om puden.

Jeg tror, jeg råbte nogle forbandelser, fordi Harry klukkede og sagde noget om mig som "du er en dårlig pige", lyden vibrerede mod min hud.

Til sidst tilbød han mig lidt lindring og gik væk og sænkede mine ben ned på sengen.

Jeg pustede, mine øjne stramme.

Min krop føltes i brand, som om intet, jeg havde gjort indtil videre, helt havde tilfredsstillet den, og alligevel følte jeg mig udmattet.

Hans mund dækkede min.

Det lykkedes mig at finde styrken til at kysse ham tilbage, smage og dufte min egen søde moskus på hans læber.

KAPITEL IV

Jeg må være faldet i søvn, for min næste tanke var at undre mig over, hvorfor jeg lå med ansigtet nedad på maven.

Mine håndled var stadig bundet til hovedet af sengen, over mit hoved.

Jeg havde stadig bind for øjnene og stadig nøgen, men jeg havde vendt mig om.

Jeg sukkede og mærkede mine bryster presse sig mod det varme lagen, mit ansigt puttet i en pude, der lå mellem mit hoved og mine arme.

Han kunne nå trælamellerne ved sengegavlen nu.

Jeg greb dem let og lugtede min sved og parfume på puden.

Jeg var ved at ringe til Harry, da jeg mærkede varm væske på mine skulderblade, og derefter fornemmelsen af hænder, der spredte væsken over min hud.

Det duftede af lavendel.

"Velkommen tilbage Deb. Du tog en lille lur." Han lænede sig ned og kyssede min kind. "Jeg udnyttede situationen og omplacerede dig. Har du det okay? Gør dine arme ondt?"

Jeg smilede og mumlede:

"Nej, jeg har det godt".

"Godt."

Han kyssede mig igen og begyndte så at massere min ryg og skuldre.

Hans fingre gled over huden på grund af olien.

Hans hænder pressede og trak blidt i mine muskler og trak støn og suk fra dybt inde i mig.

Jeg havde fået flere massager før, men ingen havde været så sensuel.

Det tændte mig mere, end det virkelig lettede nogen indestængt spænding.

Hans fingre bevægede sig til bunden af mit hoved og masserede min hovedbund og bag mine ører.

Jeg trak vejret langsomt og huskede, hvor de fingre ellers havde masseret mig.

Da han var færdig med min nakke, løftede han sine arme til mine hænder.

Vores fingre flettet sammen, plettet med olie.

Han klemte mine hænder og kom tilbage ned til min ryg og sider.

Jeg rystede, da hans fingre børstede mine bryster og gned olien rundt om mit bryst, hvor hans fingre kunne nå.

Jeg stønnede nu, mærkede vægten af hans krop mellem mine ben og pressede mod min røv.

Jeg krummede mig, da jeg mærkede hans bule stivne, men han trådte tilbage og arbejdede på mine ben nu.

Jeg klynkede og begravede mit ansigt i puden for at dæmpe lyden.

Han afsluttede mine fødder og gled langsomt sine hænder ned på bagsiden af mine ben, over min numse, mens han pressede langs bagsiden af min talje, hofter og ned ad mine sider.

Hans fingre børstede siderne af mine bryster igen, og så lagde han sig oven på mig med munden mod min hals.

Han børstede mit hår tilbage og nappede i min højre øreflip, hvilket fik mig til at stønne.

Jeg sukkede og flyttede min røv mod ham og mærkede hans hårdhed dunke til gengæld.

Hun ville ikke tigge og havde sagt ja til ikke at sige noget, men hun var varm og utilpas på trods af massagen.

Han havde brug for mere.

"Harry?" Jeg klynkede og buede mig op igen.

"Ja, Debbie?"

Det lød sjovt.

Som om man venter på dette.

Han pressede sig mod mig.

knurrede jeg.

"Vær venlig?"

Han slikkede min hals.

"Vær venlig det?"

"Vær venlig..."

"Hmm?" Han rejste sig, jeg hørte susen fra hans tøj og satte sig så ved siden af mig med hans bare lår mod min skulder.

Hans hånd strøg min lænd og strøg min røv.

"Hvad vil du have Deb?"

Jeg kunne ikke trække vejret et øjeblik, da jeg vidste, at hans pik var der.

Jeg klynkede og bed så i min underlæbe.

"Lad mig se."

Han fjernede bind for øjnene, og jeg måtte blinke flere gange for at tilpasse mig lyset.

Jeg lagde mærke til hans bare skulder og en pigtrådstatovering, der omkransede hans venstre bicep.

Mine øjne bevægede sig nedad, og jeg mærkede noget dybt inde i mig vride sig af begær, da jeg så hans pik, hård og tyk på hendes lår.

Han pegede direkte på mig, hans hoved knaldrødt.

Jeg holdt vejret og vendte mit ansigt mod puden og tog igen fat i tremmerne på sengegavlen.

"Det er alt?" Hans hånd bevægede sig lavere og kærtegnede indersiden af mine lår.

Jeg vred mig og stønnede.

"Ingen."

"Hvad mere vil du have Deb?" Hans stemme var blødere, tyndere.

Jeg tvang mig selv til at sluge og lukkede øjnene.

"Du. Jeg vil have dig. Vær venlig."

"A) Ja?" Hans fingre gled gennem min vådhed og gned mod min klit.

Jeg gispede, mine øjne åbnede sig.

På en eller anden måde lykkedes det mig at finde min stemme igen.

"Jeg vil have mere."

Han strøg mig langsomt.

Hans fingre gravede sig ind i mig.

"A) Ja?"

"Jeg vil have mere."

Jeg kæmpede for at få mine knæ under mig, spredte mine ben bredere og mærke ham dybere.

"Hvad med dette?" Hans stemme var en varm hvisken i mit øre.

Jeg klynkede, da jeg mærkede ham presse sin pik mod mig og strøg den frem og tilbage mellem mine ydre læber.

"Åh tak, ja!"

"Hvad vil du have, jeg skal gøre næste gang, Deb?"

Min tunge frøs.

Jeg tænkte bare beskidte ting i mit hoved.

Jeg havde aldrig forestillet mig at sige sådanne ord højt.

Indtil nu.

Men han kunne ikke sige dem.

Jeg kunne bare ikke...

Han lænede sig over min ryg, hans pik hvilede mellem mine balder, og hviskede i mit øre:

"Vil du have mig til at kneppe dig Debbie? Vil du have mig til at gøre det rigtig langsomt?"

Jeg blev kvalt og nikkede så så rasende, at min nakke gjorde ondt af anstrengelsen.

Han klukkede, satte sig tilbage og tog fat i min venstre hofte med sin stærke hånd.

Jeg mærkede ham bevæge sin pik, indtil den hvilede mellem mine ydre læber.

Presset steg.

Hele min krop spændte.

Hun havde leget med legetøj mange gange, så hun var vant til størrelsen på hans pik.

Men jeg havde kun forestillet mig, hvordan det ville være at mærke hendes virkelige inde i mig.

På trods af at jeg var ophidset og udvidet, var jeg stadig bekymret for smerterne.

Han skubbede mine knæ ind i sine, og de gled endnu længere på lagnerne.

Han trykkede igen, og denne gang kom han ind.

Jeg blev kvalt igen, begravede mit ansigt i puden og lod som om det var hans fingre i stedet for hans pik, så jeg kunne slappe af.

Og lige som lovet, meget langsomt, tomme for tomme, kom han ind i min varme, våde fisse.

Jeg kunne ikke tro på følelsen.

Der var ingen smerte.

I stedet var der en stærk, dunkende varme.

Og fornøjelse.

Åh hvilken fornøjelse!

Jeg troede, det aldrig ville stoppe, og så gjorde det det, og vi stod begge meget stille.

"Er du okay Deb?"

Den ene hånd holdt stadig min hofte

Den anden kærtegnede min ryg.

Jeg nåede at sige "Ja".

Han kunne kun forestille sig vores erotiske scene: mig på alle fire, mine håndled bundet til sengen, min numse løftet mod ham.

Han knælede bag mig, hans pik begravet dybt inde i mig, hans hænder på mine hofter.

Rystelserne løb igennem mig.

Jeg havde aldrig forestillet mig underdanig ... indtil i aften.

Han begyndte at bakke.

Han gik langsomt, lidt udenfor, ind igen; Han gik lidt mere ud, helt tilbage, indtil han gled, så kun hovedet af hans lem blev inde.

Det var en imponerende oplevelse, og jeg kunne kun give små gisp af glæde, mens hun bevægede sig.

Hans to hænder greb nu fat i mine hofter, og han kneppede mig langsomt ind og ud og vuggede min krop frem og tilbage mod ham.

Han kom ind i rytmen, og jeg oplevede, at jeg bevægede mig samme vej af egen fri vilje.

Da han skubbede helt ned, holdt pause for et ekstra dybt stød, og begravede sine baller mod min røv, stønnede jeg højere.

Jeg mistede overblikket over tiden og nød bare fornemmelserne:

Hans hænder på min krop.

Hans pik inde i mig.

Den kedelige lyd af ham glider ind i min fisse.

Mit hjerte bankede i mit hoved.

Vores tunge vejrtrækning.

Jeg ved ikke, om han sagde noget, men jeg var så fokuseret på det voksende pres inde i mig, at jeg ikke tror, jeg ville have hørt ham, hvis han havde.

Han havde ikke øget sin hastighed på alle tidspunkter.

Således blev hele oplevelsen intensiveret, fornøjelsen opnået.

Han skiftede lidt, muligvis for at lette trykket på knæene.

Det var lige meget, hvorfor han gjorde det, men han bevægede sig også indenfor, og jeg skreg, da jeg indså, at han havde ramt mit G-punkt.

Han holdt en pause i sit tilbagetog.

"Debbie? Har jeg såret dig? Er du okay?"

"Der!" Var alt, hvad jeg kunne sige, min ånde stod i halsen, og stille opfordrede ham til at fortsætte.

Jeg tog fat i lamellerne på sengegavlen og forsøgte at skubbe imod ham, men hans hænder stoppede mig.

Han skubbede frem, og jeg skreg, da han slog ham igen.

"Der!"

"Ah. Forstår det, Deb. Forstår det."

Og det gjorde han.

Igen og igen gled han dybt ind i det perfekte sted.

Kanten kom tættere og tættere på.

Og så vendte jeg om og skreg hele vejen.

Jeg faldt tilbage mod sengen, men han fortsatte med at stryge og hviskede opmuntrende ord.

Han forstod knap, hvad han sagde, men hans dybe stemme var trøstende.

Jeg mærkede hans hænder klemme mig strammere.

Hans hofter smækkede i min numse, en varm strøm kom ind i mig dybt inde, jeg græd med ham, og så var vi stille.

Overraskende begyndte han at stryge mig igen, så langsomt som før, og jeg fik endnu en orgasme.

Mens jeg rystede under ham, rakte Harry op over mig og løsnede mine håndled.

Jeg faldt sidelæns.

Han trak mig tilbage mod sit bryst, stadig inde i mig.

Jeg fik tårer i øjnene, da en af hans hænder dækkede mit bryst og kærtegnede mig.

Hans anden hånd faldt for at samle min høj, og hans fingre gled mellem mine lår for at gnide min klit.

Og jeg kom for femte gang.

På et tidspunkt trak jeg hans hænder væk.

Jeg mærkede hans pik glide ud af mig og læne sig mod mit ben.

Han spredte kys langs mit skulderblad og holdt mig i skestilling mod sig.

Da jeg kom tilbage til virkeligheden og fik vejret, vendte jeg mig om for at se på ham.

Hans arme slog sig om mig og trak mig tættere på.

"Vi brugte ikke spabadet," mumlede jeg mod hans skulder.

"Hvad, ikke nok fornøjelse for en nat?" Han klukkede og pressede sine læber mod min pande og børstede mit hår bag mit øre. "Udtjekning er først ved middagstid i morgen. Så vi har god tid."

Jeg lænede mit hoved tilbage, så jeg kunne se ind i hans mørke øjne.
De så tunge ud, lige så søvnige som mine.
Det lykkedes mig at skjule min gab med et smil.
"Godt, for jeg mangler min hævn, og jeg er en tæve."

ENDE

DOMINEREN SUSAN.
DET NYE JOB
(EROTISK DOMINATION)
ERIKA SANDERS

FORORD

Robert er en moden succesrig forretningsmand, gift med en søn på samme alder som Susan.

Deres familier har været nære venner i mange år, og han havde set hende vokse til en dejlig ung kvinde.

Han havde altid vist et åbent venskab over for pigen og havde gennem årene gjort hende opmærksom på hans kærlighed til hende.

I hemmelighed skjulte hans venlige forhold og hans hengivenhed for pigen hans mange mørke ønsker uden nogen chance for at få dem til at gå i opfyldelse.

Hendes totale underkastelse til ham var den eneste drøm, i hendes mørkeste tanker og en som hun ønskede ville gå i opfyldelse.

Susan er en nyuddannet pige med en handelsuddannelse i hånden og ivrig efter at opleve verden.

Ved at starte sit første rigtige job, en stilling tilbudt af Robert, en familieven, af respekt for sin far og anerkendelse af hans evner.

Men også, uden at hun vidste det, drevet af hans ønske om at besidde hende.

Hun er en sød, sensuel, men sød pige, som har haft den samme kæreste, Peter, siden hendes første år på college.

De er eventyrere, men de forstyrrer aldrig deres verden.

Hun ved, hvad hun vil, eller tror, hun ved, men hun er virkelig ret lydig i at lade andre guide hende gennem hendes livs veje.

DET NYE JOB

Han står foran bygningen og stirrer på glas- og stålfacaden.

Se alle de velplejede mænd og kvinder skynde sig ind og ud af indgangen.

Hun ser på sin egen korte nederdeldragt, sætter farten op og går ind.

Hun føler sig lille og en smule skræmt af mænd, der tårner sig op over hendes seks fod fem, da hun stiger op i elevatoren og går ind i sin nye arbejdsgivers virksomhed.

Hun ser sig omkring, og ser ham i receptionen tale med en bombeblond kvinde og fnise flirtende, mens hans smil lyser op i hans ansigt, da han vender sig mod hende.

Hun rødmer uden at vide hvorfor og bevæger sig hen mod ham med hælene klikkende på klinkegulvet.

Hans arm omslutter beskyttende hendes skuldre, mens han præsenterer hende for pigen ved skrivebordet.

"Anne, det er min lille Susy!"

Hun rødmer, så retter sig op og rækker hånden frem.

"Hej, jeg hedder faktisk Susan, dejligt at møde dig."

Han leder hende med en konstant hånd på hendes skulder til forskellige afdelinger og andre ledere.

Han introducerer hende som Susan, som hun er taknemmelig for, og som ønsker at gøre sit bedste i denne verden af stor rivalisering.

Hun forbliver tæt på ham hele formiddagen og prøver at lære en lang række navne udenad, før han endelig fører hende til sin kontorpakke.

Han viser hende skrivebordet i forværelset, der vil være hans det meste af tiden, hun er her.

Hun lægger sin pung fra sig og kører let med fingrene over de velvalgte møbler.

Hun bliver ført ind på hans kontor, hvor han peger på de overdådige mørke møbler, helt i læder og mahogni.

"Og det er her, jeg arbejder."

Han forlader hendes side for første gang og sætter sig ved sit skrivebord.

Hun føler sig underligt ensom, når hun står på dette store kontor foran ham.

Han tager nogle nøgler og fortsætter med at tale:

"Til venstre, bag hyggestuen, finder du en dør til et lille køkken. Dette underholder ofte kunderne. Barkøleskabet skal altid være fyldt med det, der står på listen, plus der er en menu. Du skal lære at lave mad alle de retter, hvis kokken ikke er tilgængelig. Jeg vil lægge det ind i dit træningsprogram."

Han havde bevæget sig hurtigt bag hende, skubbet hende mod døren og åbnet den.

Storøjet og i ærefrygt for størrelsen af virksomheden og de kontorer, hun ejede, kan hun kun nikke tåbeligt.

"Det vil være sådan."

"Ja herre," siger han med et smil, men strengheden af hans stemme ryster hende.

"Ja Hr ". Hun svarer automatisk.

Han tager hende i armen, bevæger sig ud af køkkenet og fører hende til et andet soveværelse med døren på samme væg.

"Og dette er mit private badeværelse, du kan bruge det, men kun med min tilladelse, forstår du Susy?"

Hun nikker igen ordløst til overfloden af dette badeværelse, og hun kommer sig, da hun mærker ham stivne, stammende:

"Ja Hr".

Han smiler over hendes lydighed.

"Han vil bruge medarbejdertoilettet nede på gangen, hvis han har behov, og jeg ikke er her."

Hun er hurtigere denne gang.

"Ja Hr".

På den anden side af rummet, to ens soveværelser med døre, som han viser dig.

"Dette er et privat mødelokale," ser hun hurtigt, mens han skynder hende afsted, "... og det er her, jeg hviler mig, hvis jeg skal overnatte i byen."

Værelset var mørkt, og en stor himmelseng og sære bænke dukkede op i det store rum.

Han nåede knap at mærke det, før han lukkede døren for ham.

Han tager hende tilbage til sit skrivebord, tænder for computeren og viser hendes personlige beskedtjeneste fra sit kontor til sin computer, der altid skal være tændt og åben.

Tilfreds med det passende "Ja" på de rigtige tidspunkter og sin naturlige tilbøjelighed til at være hjælpsom, lader han hende stå på skrivebordet for at sætte sig ind i sine nye omgivelser.

Han tester hendes opmærksomhed ved at sende hende små øjeblikkelige beskeder og smiler over hendes umiddelbare svar, mens hun læser opgaverne og forskellige tidspunkter, som de klagede til hende ved hendes skrivebord.

DET RIGTIGE BESKÆFTIGELSE

Han var tålmodig og venlig, da hun stiftede bekendtskab med hendes nye job i hans virksomhed.

Han talte ofte til hende gennem instant messaging-skærmen på tidspunkter, hvor hun ikke var til møder eller uden for virksomheden, og spurgte hende om hendes familie, venner, hvordan det gik med hendes kæreste, hvilket fik hende til at føle sig som hende. Du ser din kærlighed og ægte interesse for hendes liv.

I løbet af de travle første uger af sin træning tog han sig tid til at rådføre sig med hende og justere hendes tidsplan, hvis det var nødvendigt, og blev hendes mentor, hendes ven og nogle gange en streng faderfigur.

Han jokede med hende, spillede spil og snakkede venligt.

Samtalerne blev gradvist mere intime, som tiden gik.

De spillede ofte sandhed eller tør på computeren, og i spillet blev deres spørgsmål mere personlige og direkte.

Så holdt han en pause, mens han læste sit sidste svar.

Han havde forventet, at noget som dette ville ske, men han havde aldrig rigtig forventet, at det ville ske.

Her spillede hun sandheden og her var chancen for at turde med hende igen.

Hun valgte altid sandheden ... og hun indrømmede lige en tæsk fra sin kæreste, og at hun kunne lide det.

Med det skulle han begynde at gøre sin drøm til virkelighed.

Hun vidste, at hun nok aldrig ville spille det her med ham igen, og bakkede næsten tilbage og troede, at hun ville stoppe, eller endnu værre, fortælle det til nogen i virksomheden og derefter hendes familie.

Han måtte dog videre.

Hans langvarige ønske drev ham, og han begyndte at skrive.

Hun havde ikke valgt at turde, men han fortsatte med at skrive ...

***

"Jeg vover dig til at lade mig slå dig, Susy."

Hun stirrede, kunne ikke tro, hvad hun læste.

Hun var vokset tæt på ham, forgudet ham og den måde, han holdt af hende på og fik hende til at føle sig så speciel, næsten som om hun var hendes far.

Måske lavede han sjov med hende igen og troede ikke på, hvad hun havde fortalt ham om deres date aftenen før.

Hendes sind snurrede, mens hun tænkte på, hvordan hun havde følt at få smæk af sin kæreste, og hun vred sig på sædet, da hun indså, at hun skulle svare.

Han stirrede på skærmen, beskedboksen var tom, indtil videre og ventede på hans svar.

***

Han begyndte at flippe ud, men så så han, at hun skrev.

Hans hjerte bankede hurtigt, og han gik i panik, før han endelig så, hvad hun skrev.

"Ja Hr."

Hun skrev hurtigt og fik hende til at handle på sig selv og sit held:

"Så gå ind på mit kontor og luk døren. Når du kommer ind på mit kontor vil du adlyde alle mine ordrer, du vil ligge på mit skød uden at tale og du vil underkaste dig mine tæsk."

***

Hun blinkede til hans svar.

Dette spil blev seriøst, men det var bare et spil, ikke?

Testede han hende?

Skal jeg gå tilbage?

De var både nervøse og anspændte af deres egne årsager, klistret til computerskærmen.

Hun ønskede ikke at være den første til at trække sig tilbage og få ham til at drille hende.

Hun skrev:

"Ja Hr".

***

"Så kom til mit kontor, Susy, og luk døren."

Der var intet svar, men hun skyndte sig ind på sit kontor og lukkede døren som en skræmt kanin, vantro over, hvad hun lige havde accepteret, og troede, at han stadig legede med hende.

Han sad tilsyneladende uberørt, mens hans krop gjorde ondt på hende, og så hendes frygt, forvirring og varmen i hans øjne, der holdt hende i gang.

"Mit skød venter"

Hun tog et skridt frem, og han løftede sin hånd, stoppede midt i skridtet.

"Du gik med til at adlyde mig ind i dette rum, ikke?"

Synligt skælvende hviskede hun:

"Ja Hr".

Han pegede på jorden, blev modig og gryntede,

"Kryb mod mig."

Han så følelserne spille på hendes ansigt, modvilje, frygt, frygt, begejstring og til sidst underkastelse.

Han slap vejret, han holdt, mens han så begyndelsen på sin drøm blive til virkelighed, hendes lille krop faldt på knæ og derefter i hans hænder, da hun begyndte at kravle hen mod ham.

Han mærkede hans pik rykke ved synet af hende.

Det var hans endelig, om ikke andet for denne eftermiddag.

***

Hun kunne ikke tro, hun gjorde det her, denne mand, hun havde kendt hele sit liv, var ved at virkelig slå hende.

Spillet var gået for vidt, men hvorfor stoppede han det ikke?

Hun indser, at hun ville have ham!

Åh Gud, ville hun have ham?

Var der noget galt med hende?

Hvorfor føltes det sådan?

Hendes øjne låste sig på hans stærke krop i hans store stol, da hun nåede hans fødder og gled som en slange, hun flyttede på hans skød.

Han vidste, at det var forkert, men han kunne ikke lade være.

Uden ord, uden diskussion, uden at strøg hende for at være en god pige, slog hans hånd hårdt ind i hendes røv, og hun hvinede.

***

Han så på den smukke engel, der kravlede hen mod ham, hans sind gik til de mørkeste steder og måtte bakke, så ung og påvirkelig, at han ikke indså sit værd.

Han brugte al sin viljestyrke til at forblive passiv, mens hun glider ned på hans skød, sikker på at han kan mærke denne hårdhed i hendes mave, mens han løfter hendes nederdel, afslører en lyserød rem, løfter hånden og slår hende med al sin kraft.

Hvis kun for denne gang, han nød det.

Se hendes spændte muskler bølge under angreb, og hendes håndaftryk lyser rødt på hendes hvide hud.

Hun hviner og gisper:

"Åhhhhh thatooo hurtsleeeeee".

Hun hviner og vrider benene sparkende, mens han pisker hende dybt igen.

***

Hun mister overblikket over smæk, da smerte fylder hendes lille krop og varmer hende op.

Hun bemærker varmen, der starter i hendes lille fisse, og væden på hendes lår, mens han pisker hende.

Fortabt i sin varme og behov for at skrige, små tårer stryger hendes kinder.

***

Hans hånd bliver følelsesløs, mens han pisker hende hårdt og nyder stramheden af hendes hårde muskler, hendes skrig og bønner til hende om at holde op med at slå ham, mens han maler hendes lille røv lysende rød.

Han stopper da han ser hende våd mellem hans ben, utroligt nok, hendes lille krop rykker på skødet.

***

Hendes sind låste sig i denne mands kraft, mens hun gisper og skriger.

Mens han fortsætter med at piske hende hårdt og hurtigt, tager hendes krop over, mens hendes sind ruller, hun mærker varmen og det indestængte behov for en alt for uduelig kæreste og fortabt i fornemmelsen af, at hun kommer, bliver hård, og sin orgasme. sprøjter ud på hendes lår med denne simple tæsk.

Hun føler, at han stopper og dør indeni.

Hans skam fylder hende, mens hun skælver på hans skød, gisper og hulker.

Varmen fra hendes rødme fyldte hendes ansigt, så flov, hvordan kunne hun have gjort det?

***

Han smiler, da han ser hendes ansigt blusse af forlegenhed, holder hende på plads, vel vidende at dette er hendes øjeblik.

"I løbet af den næste uge vil du blive min slave. Dette vil være din kongelige beskæftigelse. Du vil adlyde mig i alt, hvad jeg befaler dig. Du vil altid være i syne og bede om min tilladelse til at tage af sted, hvis det er nødvendigt, selv om det kun er for at gå på toilettet. Jeg vil besætte dig, og du vil adlyde mig. I slutningen af en uge vil vi tale om det igen."

***

Hun ligger på skødet og mærker orgasmen af hans smæk og lytter til hans ord.

Det er et udsagn, ikke et spørgsmål.

Han indser, at han ikke har givet ham muligheder.

Hun vipper hovedet i skam og ryster over det, hun lige har gjort.

Og hun stønner:

"Ja Hr"

HISTORIEN FORTSÆTTER I NÆSTE BIND: REGLERNE